Atchim?

Gláucia de Souza

ILUSTRAÇÕES
Adilson Farias

EDITORA POSITIVO
2ª edição | 2012
2ª impressão

Dados Internacionais para Catalogação na Publicação (CIP)
(Luciane M. M. Novinski / CRB9-1253 / Curitiba, PR, Brasil)

S729 Souza, Gláucia de.
Atchim? / Gláucia de Souza; ilustrações
Adilson Farias. — 2. ed. — Curitiba: Positivo, 2012.
24 p.: il. — (Coleção De fio a pavio).

ISBN 978-85-385-4494-4

1. Literatura infantojuvenil. I. Farias, Adilson.
II. Título. III. Série.
CDU 82.053-2

Gerente Editorial: Vitória Rodrigues e Silva
Gerente de Arte e Iconografia: Cláudio Espósito Godoy
Edição: Marcelo Del'Anhol e Fernanda Pehls Mendes
Supervisão de Arte: Karina Hollanda
Análise de Arte: Juliana Ferreira Rodrigues
Edição de Arte: Daniel Cabral
Diagramação: Debora Cristina Vilar Scarante
Edição de Imagens: Rildo Proença Cardoso
Revisão: Giovana Casagrande
Projeto gráfico: Casa Rex
Produção gráfica: Solange Szabelski Druszcz

Rua Major Heitor Guimarães, 174
80440-120 — Curitiba — PR
Site: www.editorapositivo.com.br
Fale com a gente: 0800 723 68 68

Impressão e acabamento:
Gráfica Posigraf S. A.

Impresso no Brasil
2 3 4 5 6 7 8 9 10 11 12

2013

EDITORA
POSITIVO

— Aaaaaatchim!

Toda vez que alguém espirra, todo mundo diz: “Isto é alergia!”. Mas, quando o Raul espirrava, ninguém falava nada, porque ele espirrava tanto... que ficava roxo! A única que dizia alguma coisa era a Rosa:

— Atchim? Como assim?

Mas, fora a Rosa, ninguém perguntava nada, pois o Raul espirrava se o dia esfriava, quando via flor, se passava por poeira, quando fazia calor e até se sentia cheiro de churrasqueira!

O Raul espirrava o dia inteiro: na sala, no quarto, no banheiro... Não importava nem onde nem quando: espirrava até sair chorando...

Ele espirrava sempre. Dia de domingo, quando tinha festa, o Raul não ia porque poderia chover e ele era alérgico a chuva em pingo.

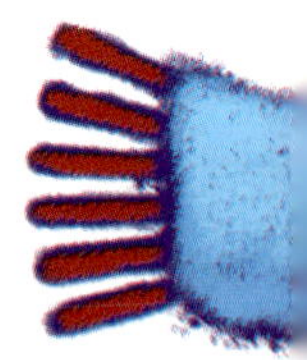

Se alguém o chamava para ir ao cinema, ele dizia:

— Aaaaatch, aaaaatcheio de gente! Aaaaatch, atcheio demais!!!

Se os colegas o chamavam para fazer pipa ou jogar bola, ele dizia:

— Aaaaatch, aaaaatcheiro de cola me dá alergia!!! Aaaaatch, aaaaatchute me faz mal!

Então, ficava sem fazer nada, só em casa, que a família trazia bem espanada... Lá ele não espirrava, não empolava nem tossia... Até que um dia...

A Rosa teve uma ideia:

— Atchim? Como assim? O Raul não quer brincar? Já que não vem, todo mundo vai fazer uma visita para ele! Assim não fica sozinho...

E resolveu ir para a casa do Raul com o Cláudio, a Vera, o Naldo e o Gil!

Foi então que entornou o caldo! Quando o Raul viu a Rosa, a Vera, o Cláudio, o Gil e o Naldo, nem pôde disfarçar, começou logo espirrando e espirrava de tudo o que era jeito:

— Aaaaaatchim, aaaatchoooooo, aaaatcheeeem, aaaatchaaaauu!

— Tchau, Raul, depois a gente volta!

Assim que eles foram embora, o Raul parou de espirrar... Que coisa estranha! Era alergia ou era manha? O Raul passou a observar e viu que só não espirrava quando estava sozinho. Viu que aquela alergia era diferente: era alergia a gente! Era só encontrar alguém que ele espirrava e tossia sem parar. Por isso quase não conversava com ninguém e ficava falando com o vento...

Foi quando a Rosa teve outra ideia! Desta vez iria sozinha lanchar com o Raul: preparou docinhos e apareceu de repente...

— O Raul vai ficar contente!

Só que, quando ele abriu a porta, levou um baita susto, justo na hora de falar com a Rosa:

— Bom diaaaaaaatchim!

— Este espirro é pra mim?

— Aaaaatchsim!

A Rosa entrou e aproveitou para puxar conversa...

— A sua alergia vai bem?

— Aaaaaatchem!

— Ela não passa, né, Raul?

— Aaaaatchul!

— Você está passando mal?

— Aaaaatchau!

— Mas vamos mudar de assunto... Qual é o seu doce preferido?

— Aaaaatchuvisco...

— Chuvisco? Eu também adoro chuvisco... Ah, aquele doce amarelinho!... Chuvisco também me lembra chuva...

— Aaaaatchatice!

— É, chuva às vezes é uma chatice... Principalmente se encharca o sapato!

— Aaaaatchato... aaaatchinelo! Aaaaatch... aaaaatch... Poxa, Rosa, não dá pra falar o seu nome espirrando: ou eu falo ou eu espirro!

— Nossa, Raul! Você falou sem espirrar!

Foi assim que o Raul começou a espirrar cada vez menos, cada vez menos, até que ficou bom de todo. Agora quando chegam a Rosa, o Naldo, o Cláudio, o Gil e a Vera, o Raul nem espera: sai voando para encontrar todos eles... Não sobra nem um tantinho de timidez: sai brincando sem espirrar, sem tossir ou empolar!

E se alguém espirra, ele pergunta:

— Atchim? Como assim?

A ESCRITORA

Gláucia de Souza

Nasci no Rio de Janeiro, mas vivo em Porto Alegre há bastante tempo. Desde pequena gosto de ler, de escrever, de ouvir música e de brincar de roda...
Quando cresci, resolvi estudar Letras e me formei professora de Língua Portuguesa e Literatura. Depois, continuei estudando e fiz mestrado em Educação e doutorado em Letras. Trabalho como professora já há muitos anos e, desde 1997, passei a me dedicar também a escrever livros que tanto podem ser lidos por crianças quanto por adultos.
Escrevi *Atchim?* porque, certa vez, tive alergia! Pensei em como seria ruim se uma pessoa fosse alérgica a tanta coisa que não pudesse nem se divertir. Pensei também: será que existem pessoas que são tão tímidas que inventam de ter alergia para não sair e conhecer novos amigos? Então criei a história de um menino que achava que era alérgico a tudo!

O ILUSTRADOR

Adilson Farias

Desenho desde quando eu era pequeno. Adorava cadernos, paredes e tudo o que desse para rabiscar algum robô ou super-herói que me viesse à cabeça. Comecei a fazer ilustrações profissionalmente em 1998 e fiquei fascinado pelo mundo dos livros e da literatura.
Foi delicioso ilustrar o *Atchim?*. Nesse livro, como em outros trabalhos meus para as crianças, procurei retratar as doces brincadeiras da infância, que é o tempo das descobertas: nessa fase da vida descobrimos que muitas vezes precisamos de alguém para nos ajudar a solucionar um problema, que todo problema, por mais complicado que seja, tem solução e — o mais importante — qual é o valor da verdadeira amizade.